CAHIER DES CHARGES

DES

CHEMINS DE FER

PAMPHLET ILLUSTRE

BERTALL

P.5

PARIS

PUBLIÉ CHEZ J. HETZEL,

76, RUE RICHELIEU — RUE DE MENARS, 10

1847

CAHIER DES CHARGES

PAR BERTALL

.... Le pauvre homme !

MOLIÈRE.

CAHIER DES CHARGES

des

CHEMINS DE FER

PAMPHLET ILLUSTRÉ

PAR

BERTALL

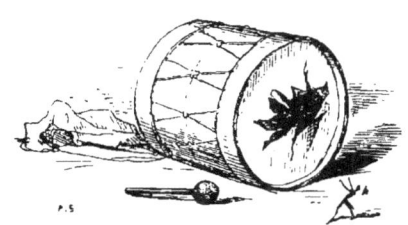

PARIS

PUBLIÉ CHEZ J. HETZEL,

76, RUE RICHELIEU — RUE DE MENARS, 10

1847

Dédié

Aux Postillons

&

Aux Actionnaires

Malheureux.

2

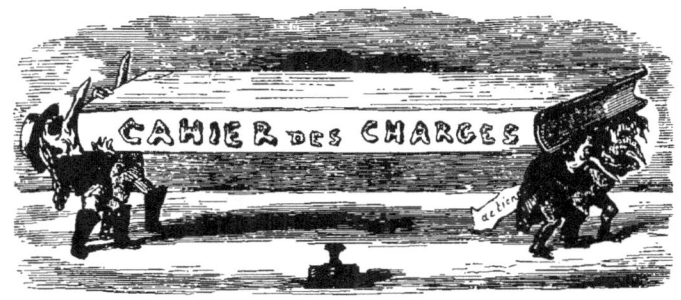

DE LA FORMATION DES COMPAGNIES SOUS LE RÉGIME PARLEMENTAIRE.

En ce temps-là le coq chantait, pimpant et gaillard.

Fière de sa richesse, la France voulut se passer la fan-

taisie des chemins de fer. On procéda alors à la pêche
des actionnaires avec les appâts intéressants que voici.

Les actionnaires étant trouvés, on pensa que la liberté

de la *presse* n'avait pas été inventée pour les chiens.

État de la *bourse* des actionnaires après l'opération.

Ces messieurs se virent donc obligés de chercher des moyens plus avantageux de faire fortune.

Ils se firent :

— Réfugiés espagnols,

— Inondés de la Loire,

— Marchands de contremarques,

— Claqueurs à l'Odéon,

— Enfants de l'Auvergne,

— Ouvreurs de portières,

— Accapareurs de bouts de cigares,

— Spéculateurs en bons de pain,

3

— Joueurs de clarinette,

— . . . . . . grecs,

— Donneurs d'eau bénite,

— Etc., etc., etc.

Les plus honnêtes, désolés de n'avoir pu doter le pays de nouvelles voies de communication, se résignèrent à balayer les anciennes.

II

SITUATION DÉLICATE DES CHEMINS DE FER.

Le chemin de fer du Nord prétend qu'il ne peut pas

joindre les deux bouts.

Résultat de la confiance téméraire du chemin de Lyon dans les devis officiels.

Un chemin de fer expose sa détresse aux passants.

« Un petit million, s'il vous plaît ! »

Les relais de poste, venant sur les brisées des chemins

de fer et demandant une petite place au festin du budget,
sont traités comme il convient.

« Ne lui donnez rien : c'est un mauvais pauvre. »

4

III

ASSEMBLÉES GÉNÉRALES DES ACTIONNAIRES.

Dans l'espoir de consoler les actionnaires, un conseil d'administration fait l'historique des travaux.

Pour former la compagnie définitive, vingt compagnies

préparatoires ont eu recours à la *fusion*.

Il n'est sorti qu'un goujon de l'*infusion*.

 !!

Autre résidu d'une autre fusion, bien capable de faire naître des *souris* sur les lèvres des actionnaires.

Mais les administrateurs ont tous été conservés : *effusion* !

Ils ont voté des jetons de présence : *profusion* !

CAHIER DES CHARGES

Et les actionnaires ont un pied de nez :

Confusion !

IV

PROGRÈS DES SCIENCES NATURELLES DUS AUX CHEMINS DE FER.

Un savant professeur d'économie politique explique les

diverses couches de capitalistes que le flux et le reflux de
la bourse ont mises à découvert.

5

Après avoir prisé, toussé et salué, il s'exprime en
ces termes :

« Messieurs,

« Une étude approfondie de la matière nous a prouvé
qu'il existe un premier ban et un arrière-ban d'actionnaires.

« Le premier ban a reçu la dénomination intelligente
de *banc d'œuvre*. Il n'est personne parmi vous, messieurs, qui ne sache que l'œuvre consiste à manger les
primes et à filer.

« L'arrière-ban, plus vulgairement désigné sous le
nom de *banc d'huîtres*, est ainsi nommé parce que la dé-

gringolade des primes enfonce l'actionnaire dans les ré-
gions sous-marines et l'attache pour jamais au succès
de l'entreprise.

« Nous mettons sous vos yeux un *specimen* des prin-
cipaux types que cette classe intéressante a offerts à
notre observation. »

V

MOUVEMENT EN FAVEUR DES CHEMINS DE FER.

Les journaux ayant sondé l'opinion au sujet des chemins de fer, et le thermomètre ayant marqué 36° de chaleur dans la glace, cette nouvelle surprenante est transmise à la commission de la Chambre au moment où elle contemplait la situation prospère des relais de poste.

La commission avait reconnu que la question des re-

lais de poste était une question mal posée, attendu que
les postillons en ont plein le dos; ce qui doit les charmer
médiocrement.

Elle étudiait la solution du gouvernement, qui veut
mettre les relais de poste à la charge des contribuables.

Ceux-ci se permettent de trouver que la solution est oné-
reuse et écrasante.

6

La commission joint les réclamations des chemins de fer à celles des maîtres de poste. Elle étudie la question dans le silence du cabinet, et la discussion à laquelle

elle se livre fait le lendemain un bruit ronflant dans les journaux.

VI

CONTROVERSE A L'OCCASION DES RELAIS DE POSTE ET DES CHEMINS DE FER.

Les crieurs publics mettent au concours la question de

savoir si les chemins de fer sont bons à quelque chose, et s'il faut maintenir les relais.

Un peintre de paysage réclame en faveur du nouveau pittoresque inventé par les chemins de fer, dont il a exposé au dernier salon les ombrages inconnus et variés, non-seulement en France,

Mais en Turquie,

Et même en Amérique.

Quant aux endroits accidentés, le susdit peintre de

paysage annonce à la capitale, par la voie des grands
journaux, qu'il vient d'en exposer chez Susse un des
plus gracieux échantillons.

Un touriste littéraire vante les émotions délirantes et
innocentes des voyageurs en chemin de fer, et cite un ac-
cident rare où personne n'a été tué.

La preuve, c'est qu'aucun voyageur ne manquait à
l'appel.

7

Les chemins de fer sont maudits par un mari qui, venant d'embarcader sa femme, la voit partir dans un wagon, seule avec M. Gustave, apôtre du *libre échange*.

Les chemins de fer sont bénis par M. Gustave, qui explique tout bas à sa voisine la théorie du *libre échange*.

Les chemins de fer continuent à être maudits par le

mari, partisan né de la protection ; son cauchemar nocturne lui fait entrevoir de nouveaux cas de responsabilité ministérielle.

Les voisins d'un monsieur, sujet à s'arrêter fréquemment, protestent avec énergie contre l'ouverture de voies nouvelles.

Pensée secrète d'un homme d'État, actionnaire du *banc*

d'œuvre, et devenu *locómotivophobe* depuis qu'il a mangé les primes : « Les compagnies ne sont pas formées pour que tout le monde aille en chemin de fer, mais pour que certains roulent carrosse. »

Un député qui s'opposait à la réforme postale, dans la crainte que la réduction de la taxe ne multipliât la cor-

respondance de ses électeurs, proteste avec plus d'énergie encore contre les chemins de fer, qui amèneront chaque matin les électeurs eux-mêmes, dont la familiarité passe toutes les bornes de l'indiscrétion.

Opinion des chevaux : « Supprimez les relais, nous n'avons plus de mal ! »

Opinion des postillons : « Supprimez les relais de poste, nous n'avons plus de foin dans nos bottes ! »

Opinion d'un homme haut placé : « Si l'on supprime les relais de poste, il n'y aura pas de *malles* !

La section des sciences, à laquelle ces opinions spécieuses ont été soumises, découvre que le nez des maîtres de poste croît en raison directe de la distance concédée

aux chemins de fer, et que leurs capitaux croissent en
raison inverse de la même distance.

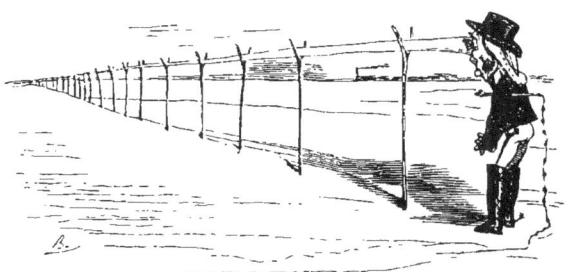

La commission continue à étudier plus profondément
la question.

VII

SOLLICITUDE DES POUVOIRS PUBLICS.

Les relais de poste, admis à faire valoir leurs réclamations devant l'autorité, demandent qu'on étende la taxe

des voyageurs par diligence aux chemins de fer à primes, qui sont assez riches pour la payer.

Les chemins de fer à primes répondent qu'ils sont pauvres comme Job, qu'ils ne sauraient supporter la moindre charge; que les diligences, à leur origine, étaient des établissements splendides, le *nec plus ultra* de la locomotion. Ils produisent pour preuve la première diligence, qui a roulé en l'an XIII.

Le ministre décide que l'État a le droit de taxer les voyageurs des chemins de fer.

Joie des postillons.

Le même ministre en conclut qu'il ne les taxera pas.

Désespoir des postillons.

Pour consoler les maîtres de poste, l'État se fait un plaisir de leur déclarer qu'il saura reconnaître leurs bons services.

Les neuf facultés du royaume ayant déclaré que les

maîtres de poste avaient droit à une indemnité, la légè-
reté des professeurs devient article de *fouet*.

Les docteurs sont renvoyés à l'école.

Les doyens sont mis en nourrice.

L'autorité, privée de ses *facultés*, se livre à des cha-
loupements excentriques qui font fuir les sergents de
ville et sourire les fils de Loyola.

VIII

CONSÉQUENCES GASTRONOMIQUES.

Les chevaux de poste, ne trouvant plus à gagner leur

vie, viennent offrir leurs services et leurs biftecks à
MM. les restaurateurs de la capitale.

10

Les habitués des restaurants s'arrachent lesdits biftecks, et lesdits biftecks leur arrachent les dents.

Touchés de cette situation délicate, MM. les inventeurs d'osanores viennent offrir une mâchoire d'honneur aux orateurs vertueux, dont les discours démosthéniens ont amené l'état de choses en question.

IX

INTERVENTION DES POUVOIRS PUBLICS.

La nouvelle ayant circulé que l'État allait faire aux chemins de fer la faveur de confisquer leurs cautionnements *et quelque chose avec*, M. Jobardeau, actionnaire du *banc d'huîtres*, vient chercher auprès de l'autorité des consolations et des éclaircissements.

« Comment, monsieur Jobardeau, vous n'exprimez pas à l'administra-
« tion toute votre félicité ! Vous avez acheté à 200 francs de primes, des

« actions qui sont tombées aujourd'hui à 100 francs au-dessous du pair.
« Dans cette circonstance difficile, le pouvoir ne se contente pas de con-
« fisquer votre cautionnement, il exige *quelque chose avec ;* moyennant
« quoi, vos administrateurs ne font pas le chemin ! — Vous voyez bien
« que ça arrange tout ! »

Pendant que M. Jobardeau est éclairé et consolé, les délégués des actionnaires procèdent, avec leur calme habituel, à la discussion du projet du gouvernement.

La délibération est interrompue par un message de l'Autocrate, qui, satisfait du placement de ses fonds à cinq pour cent, vient offrir au même taux, pendant la disette, cinquante millions de paysans. Un membre fait obser-ver, au milieu de l'attendrissement général, que cette

démarche contient en germe la solution des chemins de
fer, et que, profitant des bonnes dispositions de l'Europe,
la France n'a plus qu'à proposer aux puissances :

UNE ENTENTE CORDIALE

A L'EFFET DE RETARDER SIMULTANÉMENT

TOUS LES

CHEMINS DE FER EUROPÉENS.

Cette mesure est adoptée avec acclamation. Trois
commissaires sont nommés ; avant de se rendre auprès
des cours étrangères, ils prennent congé du chargé d'af-
faires Tartare, qui se fait un devoir de les bénir.

X

NOS AMIS LES ENNEMIS.

— Vieille histoire qui est toujours neuve. —

La nouvelle de cette démarche diplomatique parvient à

lord **Pas-Mal-Stromp** au moment où, plein d'humanité

pour un débiteur malheureux, il lui enseignait l'art de
payer ses dettes.

Les Grecs étant réduits au vêtement de nos premiers
pères,

la pudeur britannique baissait les yeux.

Lord Pas-Mal-Stromp, après avoir pris connaissance

de la dépêche, se hâte de la communiquer aux repré-

sentants des puissances continentales, qui apprécient à sa juste valeur cette importante communication.

ARTICLE SECRET DU MÉMORANDUM.

« Il est entendu, entre toutes les puissances, qu'à l'é-
« gard des chemins de fer, on laissera la France *prendre*
« patience; et que pendant ce temps-là, la Prusse *prendra*

« la Bavière, l'Autriche *prendra* la Suisse, la Russie *pren-*
« *dra* Constantinople, et que la modeste Albion se con-
« tentera de *prendre* Athènes et l'Égypte, afin de faciliter
« à ses marchandises philanthropiques le passage de
« Suez. »

XI

NÉGOCIATION DES TROIS COMMISSAIRES.

Cet accord secret étant conclu, les trois commissaires

français, qui l'ignorent, arrivent en Prusse, où ils

reçoivent de Sa Majesté Évangélique l'accueil le plus cordial.

« Messieurs, dit le roi visiblement ému, la nature a
« prodigué à la France tous les éléments de bonheur et de
« richesse; elle n'a pas besoin de chemins de fer. Nous
« qui sommes pauvres, nous ne pouvons nous en passer.
« Nous pressons donc de plus en plus les travaux, qui
« sont achevés aux neuf dixièmes; et nous maintenons
« les relais de poste, comme nos voisins les Belges. *On*
« *ne sait pas ce qui peut arriver.* »

Satisfaits de cette loyale explication, les susdits commissaires arrivent en Russie, où ils reçoivent l'accueil le
plus flatteur.

« O grrrande nation des grrrands hommes! ô grrrands
« hommes de la grrrande nation! leur dit-on, vous êtes les
« prédestinés de la gloire et de la victoire. Vous avez des
« corps d'airain et des cœurs de fer! Qu'avez-vous besoin
« de chemins de fer? Mais nous, pauvres barbares, il nous
« en faut pour que vos marchandes de modes puissent
« nous civiliser, et vos feuilletonistes venir sabler avec

« nous le champagne de madame veuve Cliquot! Nous
« poussons donc nos travaux, dussions-nous mettre en

« gage la dernière chemise de nos mougiks qui n'en ont
« pas. Dans deux ans nous irons à Moscou, dans quatre ans
« à Odessa, dans six ans à Varsovie et à Saratoff, où nous
« vous invitons au grand bal humanitaire par lequel nous
« entendons ouvrir l'ère de la fraternité des peuples. »

Non moins satisfaits de cette explication loyale, les
trois Frrrançais passent en Angleterre, et sont introduits

dans une loge du théâtre de la reine par leur représen-
tant à Londres.

« O yes! moi, je'avais biaucoup d'afflikchion dé ne
« pouvoar faire cette petite pléjeure à mon ami Figaro! »
leur dit une voix enchanteresse. « Hé! che volette, caro

« mio Lablachio, le mie strade di ferro sono tutte finite!
« Je ne pouis donc, si le bon ami à moà, le France, veut
« retarder ses rail-roads, qu'empêcher milord Pas-Mal-
« Stromp de faire une petite querelle diplomatique à cet

13

CAHIER DES CHARGES

‹ sujette; et si le France ne voulait pas les faire diou
‹ toute, je donnerais encore mon aoutoraïséchion et mon
‹ bénédikchion...

> « Sur l'air du tra la la la (*bis*),
> « Sur l'air du tra déri déra,
> « Tra la la. »

XII

.

RETOUR ET RAPPORT DES COMMISSAIRES. — DÉLIBÉRATION.

Les commissaires, de retour en France, expliquent à l'assemblée que ni l'Angleterre, ni l'Allemagne, ni la Russie ne peuvent retarder l'exécution de leurs travaux,

1° Parce que les chemins de fer de ces diverses nations sont terminés, ou peu s'en faut;

2° Parce que les puissances européennes sont trop pauvres ou trop barbares pour s'en passer. Mais la France étant la nation la plus civilisée et la plus riche du monde, et ayant à peine commencé ses chemins de fer, peut les retarder indéfiniment, sauf à se rendre en citadine ou en cabriolet de régie au grand bal humanitaire par lequel la

Russie compte ouvrir à Saratoff, dans deux ans, l'ère de la fraternité des peuples.

L'assemblée ayant envoyé tâter le pouls aux relais de

poste et aux chemins de fer, et rassurée par ses apothicaires officiels, décide qu'on tiendra les anciennes et les nouvelles voies de communication à la *potion* congrue.

Cette nouvelle est transmise aux maîtres de postes,
dont les chemins de fer étaient la seule ressource.

Cependant, pour éterniser le souvenir des bonnes
dispositions de l'Europe, on ordonne qu'à la place de
Napoléon, héros de la guerre, on hissera sur la colonne
de la place Vendôme la statue de *la Paix universelle*,

14

portant à la main l'insigne qui prouve qu'elle est née
dans le siècle des lumières.

XIII

INFLUENCE ET SUITE DE CES DÉLIBÉRATIONS PATRIOTIQUES.

Les chemins de fer, mis à la diète, étant morts d'inani-
tion, on procède à leur enterrement.

Les maîtres de poste sont saisis, à la vue du convoi,

d'une telle douleur, qu'ils tombent morts et qu'on les enterre dans la fosse avec eux.

La France n'ayant plus ni relais de poste ni chemins de fer, le gouvernement commande à M. H. Vernet, pour

le musée de Versailles, un tableau allégorique exprimant cette fâcheuse situation.

Pour consoler la France de se trouver ainsi entre deux selles, c'est-à-dire de ne plus avoir ni chemins de fer ni relais de poste, on décide que des réjouissances publiques auront lieu au pied de la statue de la Paix.

Pendant que les arts célèbrent la concorde, la guerre est déclarée par le concert européen.

Comme un malheur n'arrive jamais sans l'autre, une nouvelle disette éclate dans les campagnes et l'Algérie se soulève, en vertu de ce précepte de l'*Art poétique*, trop peu médité par le gouverneur général :

« Chassez le naturel, il revient au galop ! »

Le maire de Brives-la-Gaillarde annonce à ses administrés l'arrivée à Marseille d'une masse de blé qui peut

nourrir la France entière pendant six mois, mais qui ne

parviendra à destination que dans un an, et *au prix de
cent millions!* faute de moyens suffisants de transport.

L'insurrection de l'Algérie s'étant étendue au Maroc,
une armée de réserve est expédiée au maréchal Bu-
geaud ; mais, dans l'absence des chemins de fer, obli-
gée de faire *trente-deux* étapes de Paris à Marseille, elle
arrive trop tard devant le port d'Alger, qu'elle trouve blo-
qué par l'escadre anglaise.

XIV

MARCHE DES ARMÉES FRANÇAISES.

La France n'ayant plus ni chemins de fer ni relais de poste, et décidée à faire à l'Europe coalisée la plus vive résistance, on met au concours un prix de 00,000 millions

de francs à qui inventera des moyens de transport capables d'accélérer le mouvement de ses armées.

On soumet à l'académie les inventions suivantes :

Moyen de transport des simples soldats par voie de mutualité.

Moyen de transport d'un capitaine.

16

Cheval de bataille d'un général de division.

Monture à l'usage d'un officier d'ordonnance.

Traction d'un convoi d'infanterie légère.

Locomotion d'un train d'artillerie.

Moyen de transport à l'usage des sapeurs, y compris leurs haches et leurs barbes.

Moyen de transport à l'usage des fournisseurs et fournisseuses de l'état-major.

Voiture du général en chef.

Courrier porteur des bulletins.

XV

DERNIÈRE BATAILLE EUROPÉENNE. — DÉNOUMENT.

La France, ayant inventé de nouveaux moyens de locomotion, s'avance vers la frontière, résolue de venger,
dans les plaines de Waterloo, la défaite impériale.

Choc des deux armées et ce qui s'ensuit.

La France, malgré ce terrible et dernier échec, reçoit des puissances victorieuses les égards dus au malheur. On lui laisse conserver à jamais sa suprématie sur la principauté de Monaco, qui est enfin contrainte d'arborer sur ses monuments l'oiseau que voici :

Vive la France !!!

FIN.

TABLE

18

70 TABLE.

Paris. — Typ. Lacrampe fils et Comp., rue Damiette, 2.

PUBLICATIONS

DE J. HETZEL

Illustrations.

TRÉSOR DES FÈVES ET FLEUR DES POIS. 1 vol. 3 fr.

LA BOUILLIE DE LA COMTESSE BERTHE. 1 vol. 3 fr.

HISTOIRE D'UN CASSE-NOISETTE...... 2 vol. 6 fr.

MYTHOLOGIE DE LA JEUNESSE... ..... 1 vol. 3 fr.

MONSIEUR LE VENT ET MADAME LA

    PLUIE....,.................... 1 vol. 3 fr.

LE PRINCE COQUELUCHE............ 1 vol. 3 fr.

POLICHINELLE.................... 1 vol. 3 fr.

LA MÈRE MICHEL ET SON CHAT...... 1 vol. 3 fr.

LE PRINCE CHENEVIS.............. 1 vol. 3 fr.

SOUS PRESSE :

ŒUVRES CHOISIES DE GAVARNI (4e vo'.) 1 vol. 15 fr.

TABLEAU D'ALGER, par Th. Gautier... 1 vol. 15 fr.

LE ROYAUME DES ROSES............ 1 vol. 3 fr.

LES FÉES DE LA MER, par Alp. Karr. 1 vol. 3 fr.

———

HISTOIRE PARLEMENTAIRE DE LA RÉVOLUTION

    FRANÇAISE.............. Chaque volume 3 f. 50

LA CHARTREUSE DE PARME, par Stendahl.... 3 f. 50

SCÈNES POPULAIRES , de Henri Monnier.... 3 f. 50

PARIS TYP. LACRAMPE FILS ET COMP.,
RUE DAMIETTE, 2.

www.ingramcontent.com/pod-product-compliance
Lightning Source LLC
Chambersburg PA
CBHW070810260626
47161CB00006B/2234